AF297142

LES HEURES PERDUES.

CHANSONS, ROMANCES

ET CHANSONNETTES,

Par Marius DUCHAMP.

LES POLITIQUES.

Air *de la Bonne Aventure.*

Les auteurs ont cent façons
  D'écrire en critique;
Je ne mets dans mes chansons
  Nul soin méthodique.
De ce chant plus d'un rira,
Bath!... adviendra que voudra!
  C'est ma politique,
    O gué!
  C'est ma politique. 2

Lise rit du vert discours
D'un galant antique;
Trouve ses habits trop courts,
Sa tournure étique.
« Je veux, dit-elle, un luron
Trapu, gros, gras et bien rond. »
C'est sa politique,
O gué!
C'est sa politique.

Je suis vieux et je suis laid,
Sans goût monastique;
Ma barbe, couleur de lait,
Grâce au cosmétique,
Très-noire redeviendra,
Et Lise s'y trompera;
C'est ma politique,
O gué!
C'est ma politique.

Ce grand boucher, nous dit-on,
Donne à sa pratique,
La chèvre pour du mouton,
Du veau rachitique;
Avec un serment point neuf,
Vend sa vache pour du bœuf;
C'est sa politique,
O gué!
C'est sa politique.

Ecrivain, ton vieux journal
Est trop pathétique;
Change ton style banal
Contre un drôlatique.

Le pauvre public est las...
Il ne veut plus croire, hélas!
    A ta politique,
      O gué!
    A ta politique.

Sans en demander pardon,
    Poète rustique,
Qui chante coq et dindon,
    Bœuf, vache et bourrique.
On t'applaudit toujours : mais,
Crois-moi, ne rime jamais
    De la politique,
      O gué!
    De la politique.

On me demande en tout lieu,
    Le fait est caustique :
« Etes-vous blanc, rouge ou bleu? »
    Tout patriotique,
Franc buveur, joyeux égris,
Je veux rester toujours gris !
    C'est ma politique,
      O gué!
    C'est ma politique.

Amis, j'ai surtout tâché,
    D'être laconique;
Dans mes vers, il s'est caché
    Un vrai narcotique.
Votre bon goût va gémir :
Tâchez de vous endormir
    Sur ma politique,
      O gué!
    Sur ma politique.

AIMER BIEN PEU...

MUSIQUE DE CHARLES GOURLIER.

A vingt ans, notre plus bel âge,
    Il est un jour
Qu'on donne à la beauté volage,
    Tout son amour.
Ah! tout est beau, rien n'est morose,
Tout apparaît couleur de rose.
Aimer bien peu, vaut beaucoup mieux:
C'est le seul moyen d'être heureux.   *(bis.)*

Des feux d'une beauté charmante,
    En l'avenir,
Que reste-t-il à l'âme aimante?
    Un souvenir.
Vous riez, femmes insensibles,
Quand vous troublez nos sens paisibles.
Aimer bien peu, vaut beaucoup mieux:
C'est le seul moyen d'être heureux.   *(bis.)*

Chaque homme a sa philosophie,
    Et, selon moi,
A l'amour je ne sacrifie
    Jamais ma foi.
Aimer un moment au passage,
Dites-moi, n'est-ce pas plus sage?
Aimer bien peu, vaut beaucoup mieux:
C'est le seul moyen d'être heureux.   *(bis.)*

ENCORE POUR DEUX SOUS.

Air : *Ah! que j' suis pochard.*

L' soir, r'venant d' la barrière,
    Enivré d' vapeurs,   (*bis.*)
J'adresse ma prière
    Au dieu des loupeurs : (*bis.*)
Toi, qu' veill's avec tendresse,
    Sur l' sag's et les fous, (*bis.*)
Ah! donn'-moi d' ta sagesse
    Encor pour deux sous. (*bis.*)

Fifin', t'es infidèle,
    Tu ne m'aimes plus;   (*bis.*)
Mes soins pour toi, ma belle,
    T' semb' superflus.   (*bis.*)
Ah! combien j' m'en régale,
    Soit dit entre nous: (*bis.*)
Laiss'-moi, d' la conjugale,
    Goûter pour deux sous. (*bis.*)

Quand je suis gris,... je pleure
    Sur le genre humain, (*bis.*)
Qu' n'a pas, jusqu'à ma d'meure,
    Fait un plus larg' ch'min. (*bis.*)
C'est qu' j'aim' un' liqueur sainte,
    Qui met sens d'ssus d'ssous; (*bis.*)
Marchand, de vot' absinthe
    Encor pour deux sous. (*bis.*)

L'HABITUDE.

Air *de l'Angelus.*

Vous qui tremblez à chaque pas,
Sachez enfin que dans ce monde,
La honte, on ne la connaît pas,
Même lorsque la raison gronde.
Au lieu de rougir comme cela,
Allez donc sans inquiétude,
En répétant ce refrain-là :
— Tout n'est, ici-bas, qu'habitude.

A chanter du matin au soir,
Lisette anime sa mansarde;
Pourtant, dans son coquet boudoir,
On dit qu'un amant se hasarde.
Elle dit à chaque serment:
— Il faut, pour aimer, trop d'étude!
Dans un soupir, répond l'amant :
— Tout n'est, ici-bas, qu'habitude.

Un jeune homme, à certain voleur,
Demandait d'un air fort novice :
— Pouvez-vous, esprit de malheur,
Sans crainte exécuter le vice?
— Pauvre innocent, dit le vaurien,
De voler la tâche est peu rude;
Prendre aux autres ne coûte rien,
Tout n'est, ici-bas, qu'habitude.

Lorsque, du triste moribond,
La Mort près de sa couche veille,
Elle lui dit d'un air fort bon,
En se penchant à son oreille :
« Tu me crains donc? ah ! pauvre sot,
Tu maudis mon exactitude!
Allons, il faut faire le saut,
Tout n'est, ici-bas, qu'habitude. »

HUM!... PETITE...

Paroles de Marius Duchamp. — Musique d'Olympe Vernay.

Au simple vêtement de bure,
Qui, par vous est si bien porté,
Vous placez des fleurs pour parure:
En faut-il plus à la beauté?
Vous aimez mieux cette toilette,
Que les atours exagérés
Dont s'enorgueillit la coquette;
Hum!... petite, vous grandirez!

Vous aimeriez, dites-vous, l'homme
Qui viendrait à vous certain jour,
Vous offrir, non pas une somme,
Mais un pur et sincère amour :
Peut-on prévoir cela, ma belle?
Votre cœur, à ces mots jurés,
Restera-t-il toujours fidèle?
— Hum!... petite, vous grandirez!

PAYSAGE.

Air *du Vieux Soldat.*

Viens avec nous, lorsque la brise effleure
D'un souffle pur les têtes de nos bois;
Cette rosée amoureuse qui pleure,
Chaque matin réveille bien des voix.
Quand le soleil s'étend sur la verdure,
L'oiseau joyeux vient prendre ses ébats;
C'est le lever de la mère nature,
C'est un tableau que tu ne connais pas,
C'est un tableau que tu ne comprends pas.

Vois-tu, là-bas, ce simple toit de chaume,
Caché parmi les verdoyants rameaux?
Incline-toi : c'est un petit royaume,
Sans aucun bruit, pur comme un nid d'oiseaux.

Le laboureur, dans ce lieu plein do charme,
En souverain établit ses Etats;
De peu content, il ignore les larmes :
Asile heureux que tu ne connais pas,
Asile heureux que tu ne comprends pas.

Voici le soir : le crépuscule dore
Les pampres verts au côteau suspendus;
Puis l'horizon, dont le front se colore
Des flots de feu dans l'azur répandus...
Entends au loin, sous l'ombre des charmilles,
Le chalumeau qui cadence le pas;
Dansez, chantez, ô brunes jeunes filles !
Plaisirs d'amour que tu ne connais pas,
Plaisirs d'amour que tu ne comprends pas.

N'entends-tu pas ces doux chants d'allégresse,
Venant frapper l'écho retentissant ?...
Les gerbes d'or étalent leur richesse,
En char pompeux, sous le poids fléchissant ;
Car les chansons pour nous sont des prières:
Pour les entendre, un jour tu reviendras,
D'un pas distrait vers nos humbles chaumières,
Vers ce bonheur que tu ne connais pas,
Vers ce bonheur que tu ne comprends pas.

OUVREZ!...

Air *de l'Ange déchu.*

Agenouillée au seuil d'un monastère,
Fleur de vingt ans demandait un abri :
— Je veux, dit-elle, en cet asile austère,
Cacher les pleurs d'un printemps assombri.
Ouvrez, mes sœurs, ou mon courage expire
Parmi les flots des plaisirs défendus;
Ouvrez, mes sœurs, mon pauvre cœur soupire,
Rendez le calme à mes sens éperdus.

La vanité, puissante souveraine,
Entre ses bras étreint le genre humain;
Et l'insensé suit l'erreur qui l'entraîne,
Sans prévoir même un sombre lendemain.
Je fuis ce monde, où le méchant conspire,
Où, sur un mot, les bons cœurs sont vendus...
Ouvrez, mes sœurs, mon pauvre cœur soupire,
Rendez le calme à mes sens éperdus.

Aux affligés, Dieu donne l'espérance;
Nul n'est par lui laissé dans l'abandon.
Si j'ai failli, j'ai souffert; la souffrance
N'est-elle pas premier sceau du pardon?
Les plaisirs purs que la prière inspire,
Par vos doux soins me seront donc rendus?
Ouvrez, mes sœurs, mon pauvre cœur soupire,
Rendez le calme à mes sens éperdus.

Quand on n'a pas ce que l'on aime,

IL FAUT AIMER CE QUE L'ON A.

AIR : *A genoux devant les pochards.*

Je suis né pauvre, et voici comme
Je suis heureux peu m'importe où :
L'habit, dit-on, ne fait point l'homme,
Car la raison préside en tout.
Je suis philosophe quand même,
La nécessité m'y força ;
Quand on n'a pas ce que l'on aime,
Il faut aimer ce que l'on a.　　　(*bis.*)

Que je voudrais donc, des richesses,
Savourer enfin les douceurs ;
Avoir des châteaux, des maîtresses,
Servir de culte à tous les cœurs !
Mais j'ai, dans ma misère extrême,
Non un château, mais un grabat ;
Quand on n'a pas ce que l'on aime,
Il faut aimer ce que l'on a.　　　(*bis.*)

Mon estomac, au confortable,
Se ferait très-facilement ;
Toujours bon vin et bonne table,
Par ma nature un peu gourmand.
Il faut jeûner sans le carême,
Avec de l'eau faire un gala ;
Quand on n'a pas ce que l'on aime,
Il faut aimer ce que l'on a.　　　(*bis.*)

J'ai pour femme un certain cerbère,
À la peau noire, à l'œil méchant;
Elle a pour lot un caractère
Pour qui je n'ai point de penchant.
La changer pour une deuxième,
C'est trop risquer... gardons-la;
Quand on n'a pas ce que l'on aime,
Il faut aimer ce que l'on a.   (*bis.*)

LA TENTATION.

—

MUSIQUE DE POUINARD,

Satan, sur nous, avec beaucoup d'adresse,
   Étend son infernal pouvoir,
Et de nos sens il guette la faiblesse.
   Pour nous bercer d'un vain espoir,
A nous tenter, ce gaillard est agile;
   Pourtant, sans écouter sa voix,
   On peut bien, malgré l'Evangile, } (*bis.*)
   Se laisser tenter quelquefois.

Tâchez de vivre en homme vraiment sage;
   Le plaisir pour vous est malsain.
— Ne doit-on pas, docteur, rire à mon âge?
   « Fête passée, adieu le saint! »
Vivre autrement serait digne d'un Gille;
   Sans offenser le Dieu des rois,
   On peut bien, malgré l'Evangile, } (*bis.*)
   Se laisser tenter quelquefois.

Maître hasard m'a donné pour voisine,
   Un ange accompli de beauté ;
Sur son rideau, le soir, l'ombre dessine
   Des contours purs de volupté ;
Corbleu ! le cœur n'est point pétri d'argile ;
   Quand on regarde un tel minois,
   On peut bien, malgré l'Evangile, } (bis.)
   Se laisser tenter quelquefois.

Si la fortune avait l'intelligence,
   En s'écartant de son chemin,
D'entrer chez moi ; puis, à mon indigence,
   De tendre sa prodigue main !...
Richesse, honneur, sont d'un métal fragile ;
   Mais pour les posséder, je crois
   Qu'on peut bien, malgré l'Evangile, } (bis.)
   Se laisser tenter quelquefois.

LE BOHÉMIEN.

—

Air *de Pédro le Bandit.*

Tout l'univers est mon domaine,
Bohémien sans feu ni lieu;
Sur la montagne et dans la plaine,
J'admire les œuvres de Dieu.
Au rêveur je laisse la brise,
Murmurer avec les roseaux;
Moi, j'aime lorsque tout se brise,
Pour s'engloutir au fond des eaux.

Il me faut le soleil, l'espace,
    Pour ma gaîté;   (*bis.*)
Je chante, partout où je passe,
    La liberté.   (*bis.*)

Quand, brouillant le ciel avec l'onde,
Les vents se disputent entre eux,
Et, pour effrayer notre monde,
Tiennent des discours ténébreux.
Que celui qui d'orgueil se pare,
Soit par la peur anéanti;
Tremblant, cette fois, qu'il compare
L'orage à l'homme, si petit.

Il me faut le soleil, l'espace,
    Pour ma gaîté;   (*bis.*)
Je chante, partout où je passe,
    La liberté.   (*bis.*)

Comme l'aigle sur la montagne,
Je promène un regard altier ;
L'indépendance m'accompagne :
A moi, à moi, le globe entier !
Que m'importent, à-moi, la richesse,
L'éclat d'un nom, l'honneur d'un rien ;
Ne plaignez jamais ma détresse,
Puisque l'univers m'appartient.

Il me faut le soleil, l'espace,
    Pour ma gaîté ;   (bis.)
Je chante, partout où je passe,
    La liberté.   (bis.)

NANCY. — IMP. HINZELIN ET COMP.

NOELS

ANCIENS ET NOUVEAUX.

ÉCHO DES MONTAGNES

DE

BETHLÉEM.

1859

J'entends là-bas dans la plaine
Les anges, descendus des cieux,
Chanter à perte d'haleine
Ce cantique mélodieux :
Gloria in excelsis Deo.   (*Bis*)

Bergers, pour qui cette fête ?
Quel est l'objet de tous ces chants ?
Quel vainqueur, quelle conquête ?
Mérite ces chants triomphants ?
Gloria in excelsis Deo.   (*Bis*)

Ils annoncent la naissance
Du libérateur d'Israël,
Et, plein de reconnaissance,
Chantent en ce jour solennel :
Gloria in excelsis Deo.   (*Bis*)

Cherchons tous l'heureux village
Qui l'a vu naître sous ses toits :
Offrons lui le tendre hommage
Et de nos cœurs et de nos voix.
Gloria in excelsis Deo.   (*Bis*)

Dans l'humilité profonde
Où vous paraissez à nos yeux,
Pour vous louer, ô, Dieu du monde,
Nous redirons ce chant joyeux :
Gloria in excelsis Deo.   (*Bis*)

Déjà, par la bouche de l'ange,
Par les hymnes des chérubins,
Les hommes savent la louange
Qui se chante au parvis divin :
Gloria in excelsis Deo.   (*Bis*)

Bergers, quittez vos retraites,
Unissez-vous à leurs concerts,
Et que vos tendres musettes
Fassent retentir les airs.
Gloria in excelsis Deo.   (Bis)

Dociles à leurs exemples,
Seigneur, nous viendrons désormais
Au milieu de votre temple,
Chanter avec eux vos bienfaits :
Gloria in excelsis Deo.   (Bis)

MÊME SUJET.

fant ; chan-tons tous son a – vè – ne-

ment. De-puis plus de qua – tre mille

ans, nous le pro-met-taient les pro-

phè-tes ; de-puis plus de qua-tre mille

ans. Nous at-ten-dions cet heu-reux

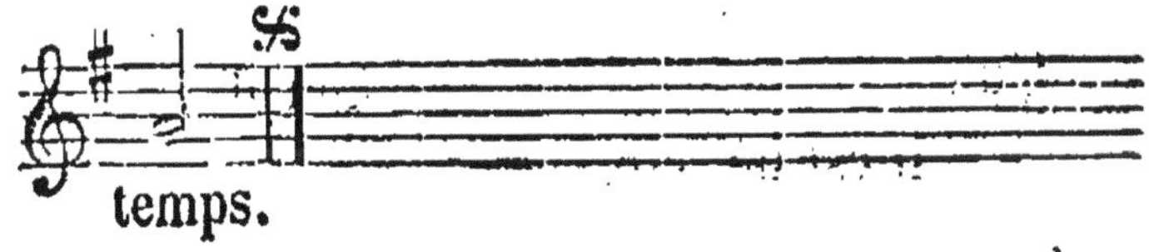
temps.

REFRAIN.

Il est né, le divin Enfant ;
Jouez, hautbois, résonnez, musettes,
Il est né, le divin Enfant,
Chantons tous son avènement.

Depuis plus de quatre mille ans,
Nous le promettaient les prophètes,
Depuis plus de quatre mille ans,
Nous attendions cet heureux temps.

    Il est né, etc.

Ah ! qu'il est beau, qu'il est charmant !
Ah ! que ses grâces sont parfaites !
Ah ! qu'il est beau, qu'il est charmant !
Qu'il est doux, ce divin Enfant !

    Il est né, etc.

Une étable est son logement
Un peu de paille est sa couchette.
Un étable est son logement ;
Pour un Dieu quel abaissement !

    Il est né, etc.

Il veut nos cœurs, il les attend,
Il veut en faire la conquête ;
Il veut nos cœurs, il les attend :
Qu'ils soient à lui dès ce moment.

    Il est né, etc.

Partez, ô rois de l'Orient !
Venez vous unir à nos fêtes ;
Partez, ô rois de l'Orient !
Venez adorer cet Enfant.

    Il est né, etc.

O Jésus, ô Roi tout-puissant !
Tout petit enfant que vous êtes,
O Jésus ! ô Roi tout-puissant !
Régnez sur nous entièrement,

Il est né, le divin Enfant,
Jouez, hautbois, résonnez, **musettes,**
Il est né, le divin Enfant,
Chantons tous son avénement.

NOELS
ANCIENS ET NOUVEAUX.

gers , ré - veil - lez - vous !

Voisins, d'où venait ce grand bruit
Qui m'a réveillé cette nuit,
Et tous ceux de mon voisinage ?
Vraiment, j'étais bien en courroux
D'entendre par tout le village :
« Sus, sus, bergers (*bis*), réveillez-vous. (*bis*). »

Quoi donc, Colin, ne sais-tu pas
Qu'un Dieu vient de naître ici-bas ?
Qu'il est logé dans une étable ?

Qu'il n'a ni langes ni drapeaux ?
Et, dans cet état misérable,
L'on ne peut voir (*bis*) rien de plus beau (*bis*).

Plusieurs déjà y ont couru :
Quelques-uns en sont revenus,
Et disent que c'est le Messie !
Que c'est cet aimable Sauveur,
Qui, selon notre prophétie,
Doit nous causer (*bis*) tant de bonheur. (*bis*).

Allons donc, bergers, il est temps ;
Allons lui porter nos présents,
Et lui faire la révérence :
Voyez, comme Jeannot y va.
Suivons le tous en diligence,
Et nos troupeaux (*bis*), laissons-les là (*bis*).

Pierrot lui porte un agnelet,
Son petit-fils un pot de lait
Et deux moineaux dans une cage ;
Robin lui porte du gâteau,
Jeannot du beurre et du fromage,
Et le Gros-Jean (*bis*) un petit veau (*bis*).

Pour moi, puisque ce Dieu Sauveur,
Doit être un jour aussi pasteur,
Je veux lui donner ma houlette,
Ma passetière avec mon chien,
Mon flagcolet et ma musette,
Et mon sifflet (*bis*); s'il le veut bien (*bis*).

Après avoir fait nos présents,
Avec de petits compliments,

Autour de lui, tous, en cadence,
Nous lui souhaiterons le bonsoir,
Et lui ferons la révérence :
« Adieu, poupon (*bis*), jusqu'au revoir (*bis*). »

Ah ! Colin, ah ! que dis-tu là ?
Il ne faut pas faire cela ;
J'aimerais mieux perdre la vie :
Restons toujours en ce saint lieu ;
Tenons-lui toujours compagnie,
Et ne disons (*bis*) jamais adieu (*bis*).

Pour moi, je suis plutôt d'avis
De retirer ce petit fils
De l'étable en ma maisonnette,
Où j'ai préparé sur deux bancs
Un lit en forme de couchette,
Et des linceuls (*bis*) qui sont tout blancs (*bis*).

Je vais faire de tout mon mieux
Pour retirer de ce saint lieu
Et Joseph ainsi que Marie ;
Quand ils seront tous trois chez moi,
Ma maison sera plus jolie
Que le palais (*bis*) du plus grand roi (*bis*).

Dès aujourd'hui dans ce dessein,
Sans attendre jusqu'à demain,
Je veux quitter ma bergerie,
Et j'abandonne mon troupeau,
Pour mieux garder, toute ma vie,
Dans ma maison (*bis*), ce seul agneau (*bis*).

VEILLE DE NOEL.

PROCHAINE ATTENTE DU MESSIE.

Venez, Verbe adorable,
Guérir nos cœurs infortunés ;
La douleur nous accable,
Venez, venez, venez.

Quoi ! faudra-t-il gémir toujours,
Sans espérance de secours ?
A vous seul, le monde a recours.
O puissance ineffable !
Voyez des cœurs infortunés,
Venez, Verbe adorable,
Venez, venez, venez.

Venez, etc.

Venez dompter nos ennemis,
Seigneur, vous nous l'avez promis :
Ce doux espoir nous est permis.
L'enfer nous fait la guerre,
Tous les humains sont consternés ;
Descendez sur la terre,
Venez, venez, venez.

Venez, e.c.

Entendez-nous du haut des cieux ;
Venez, en Roi victorieux,
Montrer votre gloire à nos yeux.
Que la terre applaudisse
Aux biens que vous nous destinez ;
Que tout se réjouisse :
Venez, venez, venez.

    Venez, etc.

Puissions-nous voir les cieux ouverts
Malgré la rage des enfers,
Hâtez-vous de briser nos fers ;
Rendez-nous l'héritage
Qu'attendent les prédestinés ;
Achevez votre ouvrage :
Venez, venez, venez.

    Venez, etc.

Déjà les plus charmants concerts
Se font entendre dans les airs ;
Vous ferez grâce à l'univers.
Nous vous voyons descendre :
Que de trésors nous sont donnés
Quels biens vont se répandre !
Venez, venez, venez.

    Venez, Verbe adorable,
    Guérir nos cœurs infortunés ;
    La douleur nous accable,
    Venez, venez, venez.

NAISSANCE DE

JÉSUS-CHRIST

Quel bruit retentit dans les airs ?
Quelle est cette douce harmonie ?
Les anges, de leurs beaux concerts,
Frappent mon oreille ravie...
O nuit, plus belle que le jour,
Où la terre au ciel s'est unie
Pour répéter le cri d'amour :
— Vive Jésus ! vive Marie ! (*bis.*)

Paix à la terre, à qui le Ciel
Annonce un enfant tout aimable !
O prodige ! c'est l'Eternel
Qui vient de naître dans une étable !
Pour un Dieu quel humble séjour !
Mais en ce lieu tout nous convie
A répéter le cri d'amour :
— Vive Jésus ! vive Marie ! (*bis.*)

Les bergers, quittant leurs troupeaux,
Sont accourus de leurs chaumières,
Portant de modestes cadeaux
Et pour le Fils et pour la Mère.
L'enfant sourit à leur bonheur ;
De plaisir et d'amour ravie,
Toute la troupe chante en chœur :
— Vive Jésus ! vive Marie ! (*bis.*)

Tout mon amour est à jamais
Pour cet adorable mystère :
Mon cœur ne battra désormais
Que pour le Fils et pour la Mère.
A tous deux, je suis sans retour,
Et je ne veux quitter la vie
Qu'en redisant le cri d'amour :
— Vive Jésus ! vive Marie ! (*bis.*)

NANCY. — Imp. de HINZELIN et Cie.

LES HEURES PERDUES.

CHANSONS, ROMANCES

ET CHANSONNETTES,

Par M. arius DUCHAMP.

LE CHARME DES AMOURS.

MUSIQUE DE M. CHARLES GOURLIER.

3

goût; Je n'ai chez moi rien de pas-
sa-ble, Trou-ve à re - di-re en tout, par-tout.
En - ac - ca-blant ma mé-na - gè -re
D'in-vec-ti-ves, de faux dis - cours,
J'ai-me la voir mettre en co - lè - re;
Voi-là le char-me des a - mours. Se dis-pu-
ter, dit - on tou - jours, Voi-là le

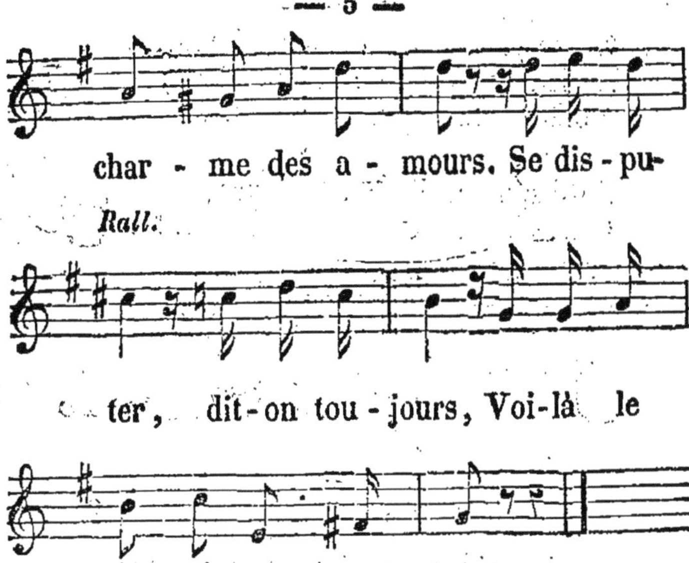

Pour un rien, pour une toilette,
Tout devient sujet aussitôt;
Je veux, querellant la coquette,
Avoir sur tout le dernier mot.
La femme n'a vraiment des charmes,
Qu'en prenant des pleurs les atours;
Qu'elle est belle en ces douces larmes!
Voilà le charme des amours..

    Se disputer, etc.

Lorsque la paix rieuse et bonne
Revient habiter le logis,
Et qu'à tous deux elle pardonne
En séchant deux beaux yeux rougis,
En maudissant cette existence

On se promet de meilleurs jours...
Le lendemain, l'on recommence ;
Voilà le charme des amours...

Se disputer, dit-on, toujours,
Oui, c'est le charme des amours !   (bis.)

JOCRISSE.

Air *du Dieu des bonnes Gens.*

Pauvre Jocrisse, il faut quitter la vie,
Puisque l'espoir succombe à mon côté ;
Puisqu'au malheur mon âme est asservie,
Je suis proscrit de la félicité.
Que me faut-il, pour revenir sur l'onde,
De cette vie aux bruyants tourbillons ?
Etre éternel, ô Créateur du monde !
    Donne-moi des millions.   (bis.)

Je veux rouler et faire du tapage,
Par ma dépense égaler les puissants ;
Avec l'orgueil de mon riche équipage,
Je veux de même éblouir les passants.
Plus de misère au bonheur qui m'inonde,
Je répudie aussi tous mes haillons ;
Etre éternel, ô Créateur du monde !
    Donne-moi des millions,   (bis.)

Avec cela, la beauté moins rebelle,
M'accordera ses souris complaisants;
Déjà, du choix, la femme la plus belle,
Par ses dix doigts ne compte plus mes ans.
Je suis choyé par la brune et la blonde,
On méconnaît mes rides, leurs sillons;
Etre éternel, ô Créateur du monde!
    Donne-moi des millions.   (bis.)

La vérité craint de se montrer nue,
Dans notre siècle, où l'or est sans repos;
Moralité, ta voix est méconnue,
Pleure à l'écart et maudis les tripots.
Puisqu'au veau d'or, grands, petits, à la ronde,
Pour l'implorer, viennent par bataillons;
Etre éternel, ô Créateur du monde!
    Donne-moi des millions.   (bis.)

LES OISEAUX ENVOLÉS.

ROMANCE.

Air *de la Plainte du Mousse.*

Qu'avez-vous fait, petits bandits aux lèvres roses,
Pour encourir ainsi mon pénible courroux?
Vous m'aviez seulement, de mes pensers moroses,
Distrait sans le vouloir par quelques ris bien doux.
Imprudent que j'étais, je vous ai fait injure;
Mon humeur à vos jeux n'a pas su se plier;
Revenez, mes enfants, mon cœur vous en conjure,
Les petits pour les grands doivent tout oublier. (*bis.*)

Pourquoi faut-il ternir l'azur de votre enfance,
Vous qu'un rien fait tant rire et qu'un rien fait pleurer?
D'être rieurs, joyeux, je vous fis la défense,
Mais le ciel apprit l'onde à toujours murmurer.
Par vous, je vis en moi, petits, je vous le jure,
L'heure de chaque jour au bonheur s'allier;
Revenez, mes enfants, mon cœur vous en conjure,
Les petits pour les grands doivent tout oublier. (*bis.*)

Dieu, mes petits enfants, vous donne un frais visage,
Exempt de noirs soucis, un sommeil sans émoi;
Ah! si l'homme est plus grand, il n'en est pas plus sage:
Plus que lui, soyez bons, enfants, pardonnez-moi.
Aux nobles sentiments, le cœur n'est point parjure;
Vous voyez devant vous mon front s'humilier;
Revenez, mes enfants, mon cœur vous en conjure,
Les petits pour les grands doivent tout oublier. (*bis.*)

LE FILS DU CABARET.

Air de la Fille du Cabaret.

Nez rubicond, large poitrine,
Bras vigoureux, regard brillant;
Rire éternel, voilà sa mine,
Et près du sexe fort galant.
Ne demandez pas autre chose,
Sur le moral on vous dirait :
« Sa vie était couleur de rose. »
    Tel est l' fils du cabaret.

Il fut joueur dès son bas âge ;
De plus, cité comme un gaillard
A faire tout carambolage,
Tant il était fort au billard.
Qui sut mieux faire par la bande,
Les coups d'effets qu'on admirait ?
Nul ne fut d'adresse aussi grande
    Que le fils du cabaret.

Sa mère, au fond de sa cassette,
Lorsque venait l'heure du soir,
Trouvait, en comptant sa recette,
Du déficit dans son tiroir.
Elle en accusait la servante,
Et la pauvre fille pleurait ;
Qui prélevait donc sur la vente ?
    C'était l' fils du cabaret.

L'amour l'animait d'un coup d'aile,
Et par ce dieu tout réussi,
Il n'eut jamais, d'une infidèle,
A supporter le lourd souci.
Courant toujours de l'une à l'autre,
Quoique volage fort discret;
L'amour n'eut pas meilleur apôtre
   Que le fils du cabaret.

A quelle qualité sublime,
Dut-il ses succès en amour?
Car il captivait la victime,
Franchement, sans aucun détour.
Moi, dans cela, ce qui me vexe,
C'est de n'avoir pas le secret,
D'aussi bien séduire le sexe
   Que le fils du cabaret.

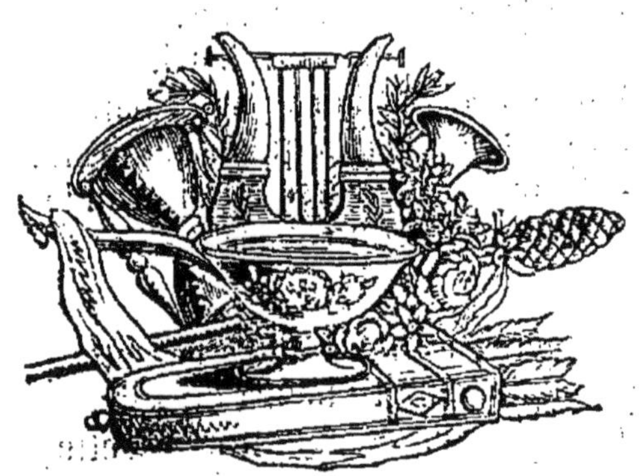

TANT MIEUX.

Air *du Dieu des bonnes Gens.*

Au bien d'autrui ne portant pas envie,
Le noir souci n'entre jamais chez moi ;
Content de peu, je passe cette vie,
Avec gaîté, sans trouble et sans émoi.
Que mon voisin roule avec équipage,
Que par son luxe il charme tous les yeux ;
Si, dans ce monde, il peut faire tapage
    Tant mieux pour lui, tant mieux. (*bis.*)

Voyez cet homme, à la mine écarlate,
Voulant de lui faire parler partout ;
Car en tout lieu, de partout il se flatte,
D'avoir de l'or... et de l'esprit surtout.
A cette pose, à ce ton d'importance,
Le parvenu ne peut cacher ses jeux ;
Il n'a pas moins une heureuse existence :
    Tant mieux pour lui, tant mieux. (*bis.*)

Tel écrivain, barbouillant un volume,
Se fait par mois compter cinq mille écus ;
Quand, tour-à-tour, il fait chanter sa plume,
Tous les partis, les vainqueurs, les vaincus !
Par ce moyen, la fortune à sa porte,
Vient l'appeler de son doigt généreux ;
Tout est permis, lorsque cela rapporte :
    Tant mieux pour lui, tant mieux. (*bis.*)

Et ce mari, qu'un dieu d'amour enflamme,
Malgré son âge adore sa moitié,
Il faut le voir l'entourer avec âme,
D'un soin extrême au plaisir employé.
Il est cité comme un mari modèle ;
D'aimer ainsi, c'est, ma foi, fort heureux ;
Il paraîtrait que sa femme est fidèle :
   Tant mieux pour lui, tant mieux. (*bis.*)

LE SANS=SOUCI.

RONDE.

Air : *Folle Grisette.*

Quand le soleil pénètre
A travers ma fenêtre,
En me frottant les yeux
J'admire la lumière,
Se levant la première
Pour rendre tout joyeux.

Que tel autre idolâtre,
L'aurore au front d'albâtre,
Se hâte pour la voir ;
Moi, sous ma couverture,
Je bénis la nature,
M'exemptant de savoir.

Le savant dans les astres,
Nous prédit des désastres :
Car, dans le ciel il lit.
Sous sa coupole ronde,
Que de choses au monde
Dirait mon ciel de lit.

Sans-Souci l'on me nomme ;
Mon Dieu ! qu'est-ce qu'un homme ?
Le jouet du destin.
Fou qui passe ses veilles,
A créer des merveilles
Pour un pauvre butin.

Dieu prévoit toutes choses :
Lui qui sema des roses
Sur l'aride chemin,
Ne peut pas, je l'espère,
En véritable père,
Nous refuser sa main.

Fauvette bien aimée,
Sur ta niche embaumée,
Qui veille donc toujours ?
Celui qui te fit bonne,
Et la voix qu'il te donne
Et du grain tous les jours.

Pourquoi, veuf de logique,
Donner un air tragique
A telle ou telle fin ?
Elle vient sans l'apprendre,
La façon de s'y prendre,
Et nul ne meurt de faim.

Pour moi, notre existence,
Est de peu d'importance,
Je fais des songes d'or...
Mais, à ma voix docile,
L'astre, en mon domicile,
Vient, me chauffe... et m'endort...
Adieu.

SATAN.

Air *de Mon Lit.*

Verse, Satan, verse à pleins bords :
  Je veux que l'ivresse,
  Ce soir me caresse,
Puisqu'on n'en boit pas chez les morts. (bis.)

Vieux Lucifer, sors de ton antre :
Je t'invite, accours à ma voix ;
Viens, nous allons boire à plein ventre
Et chanter des couplets grivois.
Assez longtemps dans ta fournaise,
Roi, tu torturais sans fléchir ;
Ne peux-tu donc prendre à ton aise
Un instant pour te rafraîchir ?

Verse, Satan, etc.

Ah ! combien d'hommes que j'estime,
Broyant du noir, t'ont invoqué ;
Et, des pleurs de chaque victime,
Combien de fois tu t'es moqué !
Tu ne pouvais leur dire : « Espère, »
Toi qui n'espères plus en rien ;
Car, ne fus-tu pas, mon compère,
Des cieux chassé comme un vaurien ?

Verse, Satan, etc.

Garde un bon coin à ma Lisette,
Au frais minois, à l'œil fripon ;
Elle est damnée, humble grisette,
Pour avoir porté court jupon.

— 14 —

Des plaisirs qu'un temps nous accorde,
Elle sut embellir ses jours ;
A tout péché miséricorde,
Pitié pour l'honneur des amours.

Verse, Satan, etc.

Pour juger l'habitant du chaume,
Il n'est besoin d'un long débat ;
Sujet obscur d'un grand royaume,
Pour tout bien il n'eut qu'un grabat.
La misère est un purgatoire,
Que nous faisons tous, je le dis ;
Souffrir est l'œuvre méritoire
Qui doit donner le paradis.

Verse, Satan, etc.

Ici-bas, qu'est-ce que nous sommes ?
Un feu follet qu'un souffle éteint ;
A la gloire vaine des hommes,
La mort nous trouve et nous atteint.
Dans la vie, un sage sévère,
N'est-ce pas un triste passant ?
Je veux, en te tendant mon verre,
Chanter encor en trépassant :

Verse, Satan, verse à pleins bords,
        Je veux que l'ivresse,
        Toujours me caresse,
Puisqu'on n'en boit pas chez les morts. (*bis.*)

LE CHALUMEAU.

MUSIQUE DE Mlle M. V....

Viens, joyeux chalumeau,
Ranimer le feuillage,
Réjouir le village
Sous le paisible ormeau;
   Ah! ah! ah!   (*ter.*)

Ce descendant d'Orphée,
Virtuose savant,
Nous transporta souvent
Par l'archet d'une fée.
Au village toujours,
Jamais aucune fête,
Sans son joyeux cancan,
N'aurait été complète.

Viens, joyeux chalumeau,
Ranimer le feuillage,
Réjouir le village
Sous le paisible ormeau;
   Ah! ah! ah!   (*ter.*)

La gaîté qu'il épure
Depuis plus de vingt ans,
Au lever du printemps,
Sur la fraîche verdure;

A ses accords joyeux
Qui marquent la cadence,
Les vieilles et les vieux
Renaissent à la danse.

Viens, joyeux chalumeau,
Ranimer le feuillage,
Réjouir le village
Sous le paisible ormeau;
   Ah! ah! ah!   (*ter.*)

Mais la cour le réclame,
Il le faut sans retard,
Grand maître dans cet art
Bientôt on le proclame.
Adieu, gaîté de cœur,
A l'or incompatible;
Son front devient rêveur
Loin du chaume paisible.

Viens, joyeux chalumeau,
Ranimer le feuillage,
Réjouir le village
Sous le paisible ormeau;
   Ah! ah! ah!   (*ter.*)

NANCY. — IMP. HINZELIN ET COMP.

LES HEURES PERDUES.

CHANSONS, ROMANCES

ET CHANSONNETTES,

Par Marius DUCHAMP.

FOLLETTE.

MUSIQUE D'OLYMPE VERNAY.

gè - re, si bien char - mer nos
yeux. Quand, gra - ci - euse et bel - le,
De ta noi - re pru - nel - le,
Le plai - sir é - tin - cel - le
Comme un flam - beau des cieux...
Dan - sons donc, Fol - let - te fri - vo - le,
Et gai - ment, et gai - ment,

F.
fê-tons les a-mours; A ce temps,
qui trop tôt s'en - vole,
Dé - ro - bons, dé - ro - bons
quel-ques beaux jours. Dan-sons donc,
Fol - let - te fri - vo - le,
Et gaî-ment, fê-tons les a - mours.
A ce temps, qui trop tôt s'en-vole,

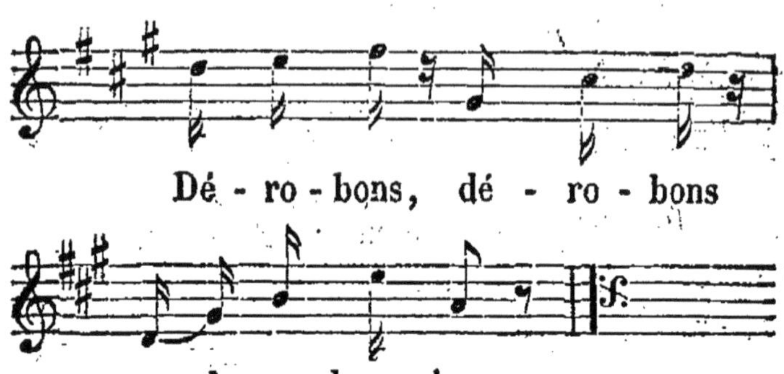

quel - ques beaux jours,

L'onde rit, l'oiseau chante,
Sur sa branche penchante,
Une chanson touchante
Qui fait couler des pleurs.
Là-haut, sur la colline,
L'amandier s'incline,
Et sa tête divine
Sur nous neige des fleurs.

Dansons, etc.

L'âge a sur notre route,
Pour nous, semé sans doute,
De la céleste route,
L'unanime transport.
Dans la vallée ombreuse,
Que notre voix joyeuse,
A notre âme rieuse
Dise un printemps encor.

Dansons donc, Follette frivole,
Et gaîment, et gaîment, fêtons les amours;
A ce temps qui trop tôt s'envole,
Dérobons, dérobons quelques beaux jours.   } (bis.)

HYMNE A LA FRANCE.

AIR *de l'Invalide* (CH. GOURLIER).

La France est là, cette fille des Gaules,
Belle, accoudée auprès des flots joyeux ;
Son long manteau, de ses blanches épaules,
Tombe à ses pieds en plis doux et soyeux.
Le voyageur qui passe et qui l'admire,
Se sent saisi de sentiments divers ;   *(bis.)*
Se découvrant devant ce riche empire,
Il dit : « Salut, reine de l'univers. »   } *(bis.)*

Belle, pourquoi concevoir des alarmes ?
Pourquoi courber ton maintien noble et fier ?
Des insensés ont fait couler tes larmes,
Mais n'es-tu pas ce que tu fus hier ?...
Ils ont chanté partout ta décadence
Et de tes lois se sont mis au travers ;
Ils sont jaloux de ton indépendance :
Réjouis-toi, reine de l'univers.   } *(bis.)*

Te souvient-il lorsque, couverts de gloire,
Tes vieux soldats, les habits en lambeaux,
Allaient mourir sur les bords de la Loire,
Enveloppés des plis de leurs drapeaux ?
Par des hauts-faits que le génie enfante,
L'ennemi même admira leurs revers ;
France, poursuis ta marche triomphante :
Réjouis-toi, reine de l'univers !   } *(bis.)*

Mais si pourtant la cohorte ennemie,
De notre sol franchissait les remparts;
« Braves Français, dirait la voix amie,
Réunissez vos bataillons épars ! »
On nous verrait, comme en quatre-vingt-treize,
Nous lever tous pour punir les pervers :
Faire flotter l'oriflamme française ;
Réjouis-toi, reine de l'univers !   } (bis.)

Germant partout, l'art qui nous civilise,
Vient au progrès d'ajouter son chaînon;
En temps de paix, chaque homme l'utilise
(Rien ne s'apprend par la voix du canon).
Comme les arts, l'industrie a son temple,
Nous lui devons des soins tendres et chers ;
Que l'étranger, qui partout la contemple, } (bis.)
L'appelle encor reine de l'univers !

LA MAIN DE DIEU.

—

CHANT RELIGIEUX. — MUSIQUE D'OLYMPE VERNAY.

Ne disons plus que la riche nature
        Nous prodigue des soins,
Quand Dieu commande à cette créature
        De prévoir nos besoins.

Va, lui dit-il, sur la terre féconde :
Fais les trésors de la planète ronde ;
      A chaque pas, à chaque lieu, (bis.)
      Reconnaissons la main de Dieu.

Qui suspendit au firmament limpide
      Ces feux brillants toujours ?
Qui divisa, dans sa marche rapide,
      Le mouvement des jours ?
C'est lui qui fit cette terre où nous sommes :
Il inspira l'esprit savant des hommes ;
      A chaque pas, à chaque lieu, (bis.)
      Reconnaissons la main de Dieu.

Quand le matin de la rosée humide
      Dissipe le sommeil ;
Quand, sur les monts, vient l'aurore timide
      Poser son pied vermeil.
L'astre apparaît à la terre ravie,
Versant à flots la chaleur et la vie ;
      A chaque pas, à chaque lieu, (bis.)
      Reconnaissons la main de Dieu.

Qui verse aux fleurs, dans leur corolle ou-
      Mille parfums si doux ?   [verte,
Qui, dans la mer, fait rouler l'algue verte ?
      Quelle voix parle en nous ?
A tout mortel, qui lui souffla dans l'âme
L'amour du bien, cette céleste flamme ?
      A chaque pas, à chaque lieu, (bis.)
      Reconnaissons la main de Dieu.

REPROCHES.

—

Air : *Allez cueillir des Bluets dans les Blés.*

Je vous aimais comme on aime à mon âge,
Car à vingt ans le cœur est tout de feu ;
Vous avez ri, quand, parlant de ménage,
Ce pauvre cœur rêvait le ciel de Dieu.
C'était un rêve : excusez la chimère,
A l'avenir je n'aurai plus de foi ;
D'espoir déçu la coupe est trop amère,   } (bis.)
Ma belle enfant, ne comptez plus sur moi.

Il vous fallait d'élégantes toilettes,
Et quand venait le temps du carnaval,
Vous brilliez là parmi les plus coquettes.
Quel argent fou pour être reine au bal !...
Je vais, dès-lors, arrêter votre course.
Je ne veux plus vivre sous cette loi ;
Pour délier les cordons d'une bourse,   } (bis.)
Ma belle enfant, ne comptez plus sur moi.

Fou, triple fou, qui par trop sacrifie
A la beauté des jours heureux et chers ;
Attachons-nous à la philosophie
Qui dit toujours d'éviter le pervers.
Votre souris, votre taille qui penche,
Ne mettront plus ma santé dans l'effroi ;
Oui, mon amour vous donne carte blanche :   } (bis.)
Ma belle enfant, ne comptez plus sur moi.

MA VOISINE.

—

Air : *Fermez donc vos rideaux.*

Vous qu'une bien faible distance
Sépare, hélas! de mon réduit,
Que j'aime dans votre existence
Cette gaîté qui me séduit.
O cœur de femme, esprit d'amante,
En répétant vos airs joyeux,
Par pitié, voisine charmante,
Sur moi levez donc vos beaux yeux;
Sur moi (*bis*), Lise charmante,
    Levez donc vos beaux yeux.

La misère, de votre porte,
Ne trouverait pas le chemin;
Le travail de la veille apporte
De quoi nourrir le lendemain.
L'esprit jamais ne se tourmente,
Exempt de soucis ennuyeux :
Par pitié, voisine charmante,
Sur moi levez donc vos beaux yeux;
Sur moi (*bis*), Lise charmante,
    Levez donc vos beaux yeux.

Fatiguée encor de la veille,
Le matin lorsque vous dormez,
Le songe fugitif éveille
En souriant vos sens charmés.

Pauvre amoureux, je me lamente
De voir baissés vos cils soyeux.
Par pitié, voisine charmante,
Sur moi levez donc vos beaux yeux ;
Sur moi (*bis*), Lise charmante,
    Levez donc vos beaux yeux.

Vous chantez toute la journée
Que le bonheur est dans l'amour ;
Que l'hymen, pour la destinée,
De la vie est le plus beau jour.
Puisqu'il vous faut une âme aimante
Capable de combler vos vœux ;
Par pitié, voisine charmante,
Sur moi levez donc vos beaux yeux ;
Sur moi (*bis*), Lise charmante,
    Levez donc vos beaux yeux.

LA VIGNE MALADE.

Air *de Ce qui manque à la plaine.*

Quel destin misérable
Nous rend donc odieux ?
Par quel crime exécrable
Offensons-nous les dieux ?
Jadis cette main d'ange
Qui dorait nos moissons,
Veillait sur la vendange
Et filtrait nos boissons.   (*bis.*)

Nature qu'on aime,
Toi qui toujours nous défends,
Sors-nous ce teint blême,
Rends la vie à tes enfants.

Toi, vigne moribonde,
Viens rougir le pressoir,
Et verser à la ronde
Des chansons chaque soir.
Loin de ton cep livide,
D'un pas précipité,
Vois l'escargot avide
S'enfuir épouvanté.   *(bis.)*

Nature qu'on aime,
Toi qui toujours nous défends,
Sors-nous ce teint blême,
Rends la vie à tes enfants.

Avec l'eau de la Seine,
Les humains extorqués,
D'une boisson malsaine
Meurent tous coliqués.
Nature, bonne mère,
Regarnis nos côteaux;
Rends moins la vie amère,
Ferme nos hôpitaux.   *(bis.)*

Nature qu'on aime,
Toi qui toujours nous défends,
Sors-nous ce teint blême,
Rends la vie à tes enfants.

VIVE LA BATAILLE!

Air : *Bon, bon de la bretonnière.*

De mon audace intrépide,
Sois orgueilleux, fier coursier;
Et dans ta course rapide,
Blanchis ton beau mors d'acier.
De l'Arabe qui se bat,
Mesurons-nous à la taille;
Corbleu! vive la bataille!
Sandieu! vive le combat!

Lorsque la terre frissonne
Au bruit de nos escadrons,
Si la Mort ne nous moissonne
Dans ces champs où nous courons,
Qu'on attrape en ce débat,
Quelque glorieuse entaille;
Corbleu! vive la bataille!
Sandieu! vive le combat!

Le combat, vaillante armée,
Ne peut pas durer toujours;
Enfants de la Renommée,
Nous avons quelques bons jours,
Quand la victoire s'abat
Sur quelque vieille futaille,
Corbleu! vive la bataille!
Sandieu! vive le combat!

Marius Duchamp,

LE VIEILLARD.

Air *du Violon brisé* (Béranger).

Vos doux plaisirs, jeunesse folle,
Charment encor mes derniers jours ;
Egayez le temps qui s'envole,
Enfants, dansez, chantez toujours. (*bis.*)

Ainsi chantait, sous le vieil orme,
Un vieillard au rire joyeux ;
Ecoutez, avant que je dorme,
Et que la mort ferme mes yeux
Vos doux plaisirs, etc.

|Oui, comme vous, je fus folâtre,
Je vous parle de fort longtemps ;
De moi, le bonheur idolâtre,
M'a compté quatre-vingts printemps.
Vos doux plaisirs, etc.

J'ai, sans sortir de cette sphère,
Esclave aux devoirs exigeants,
Vu des gens subtils à mal faire,
Et connu bien d'honnêtes gens.
Vos doux plaisirs, etc.

L'opulent, comme nous, trépasse ;
Il ne peut fuir le sombre écueil ;
C'est l'atome, en l'immense espace,
Qui n'aura plus même un cercueil.
Vos doux plaisirs, etc.

Fêtant, dans le cours de l'année,
L'aurore de chaque saison,
Je vous entends, dans la journée,
Chanter la rustique chanson.
Vos doux plaisirs, etc.

Arrière l'ennui de l'envie,
Qui rendrait vos fronts soucieux;
Chez vous, où circule la vie,
Toujours des souris gracieux.
Vos doux plaisirs, etc.

Pour fêter votre mariage,
Il n'est besoin de cent flambeaux;
Mais les conseils d'un homme sage,
Devant votre maire en sabots.
Vos doux plaisirs, etc.

Si parfois d'un rayon céleste,
Votre esprit était éclairé;
Restez humble : un talent modeste
Est toujours mieux considéré.
Vos doux plaisirs, etc.

Observons tous dans notre enceinte,
Deux mots, au prononcé si doux,
Retenez la maxime sainte,
Le Christ nous a dit: « Aimez-vous. »

Vos doux refrains, jeunesse folle,
Charment encor mes derniers jours;
Egayez le temps qui s'envole,
Enfants, dansez, chantez toujours. (bis.)

PHILOMÈLE.

Air : *D'où viens-tu, beau nuage ?*

Près de moi, Philomèle,
Viens replacer ton nid,
Et que ta voix se mêle
Au printemps qui sourit.　　}(*bis.*)

Sur la planète ronde,
Fut-il jamais au monde,
Où l'envie toujours gronde
Un bonheur plus parfait ?
L'union toujours prête,
Que le bonheur apprête,
La nature interprète
L'amour que Dieu leur fait.

Près de moi, Philomèle,
Viens replacer ton nid;
Et que ta voix se mêle　　}(*bis.*)
Au printemps qui sourit.

Je les prends pour exemple:
Quand le soir les rassemble,
Souvent je les contemple,
J'admire ces heureux.
Libre de toute chaine,
Sans soucis et sans peine,
Sans espérance vaine,
Ils s'endorment joyeux.

Près de moi, Philomèle,
Viens replacer ton nid ;
Et que ta voix se mêle
Au printemps qui sourit.   }(*bis.*)

Quand l'hiver, pour parure,
Prend son manteau de bure
Et chasse la verdure
Vers de plus chauds climats ;
Quand le ciel est docile,
La famille s'exile
Pour fuir les noirs frimas.

Près de moi, Philomèle,
Viens replacer ton nid ;
Et que ta voix se mêle
Au printemps qui sourit.   }(*bis.*)

Nancy, imp. de Hinzelin et Cie.

LES HEURES PERDUES

CHANSONS, ROMANCES

ET CHANSONNETTES,

Par Marius DUCHAMP.

LE CONTE DE LA VEILLÉE.

LÉGENDE.

De pai-si-bles as-sem-blé-es;
Le con-teur, qui ne ment pas,
Dit à tous : Par-lons bien bas.

Le con-teur, qui ne ment pas,
Dit à tous : Par-lons bien bas.

Lento.

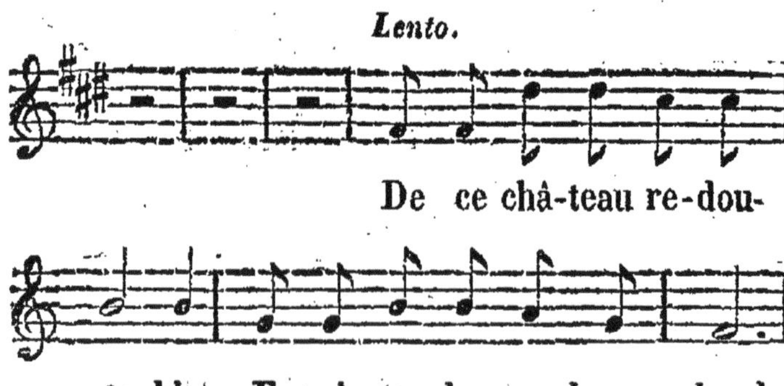
De ce châ-teau re-dou-
ta-ble, E - vi-tez le som-bre a - bord;

Cha - que nuit, j'en trem-ble en - cor,
Le sei-gneur s'y don ne au dia-ble,
Le sei-gneur s'y don-ne au dia-ble.
Mes en - fants, par - lons bien bas,
Le sei - gneur n'en- ten - dra pas ;
Mes en - fants, par - lons bien bas,
Rall.
Le sei-gneur n'en - ten - dra pas.

Sur la plus haute tourelle,
En passant, j'ai vu, ce soir,
Un géant, fantôme noir,
Voler sur une étincelle.
Mes enfants, parlons bien bas,
Le seigneur n'entendra pas.

On dit bien qu'aux jeunes filles,
Il jette un sort sans retour;
Que le maudit mal d'amour,
Il le donne aux plus gentilles.
Mes enfants, parlons bien bas,
Le seigneur n'entendra pas.

Là-haut, dans le cimetière,
Sans respect et sans remords,
A faire parler les morts
Il passe la nuit entière.
Mes enfants, parlons bien bas,
Le seigneur n'entendra pas.

Lorsque le vent tourbillonne
A travers le vieux clocher,
Il va, dit-on, s'y cacher;
En chantant il carillonne.
Mes enfants, parlons bien bas,
Le seigneur n'entendra pas.

Entendez la vieille porte
Qui grince avec un grand bruit;
A genoux : prions pour lui
Qu'un jour le diable l'emporte.
Mes enfants, parlons bien bas,
Le seigneur n'entendra pas.

La terreur ferme les bouches,
C'est ainsi qu'ils sont heureux;
Puis tous ces humbles peureux
Disent, regagnant leurs couches:
« Point de bruit, parlons bien bas,
Le seigneur n'entendra pas.

LA DESCENTE AUX ENFERS.

—

Air : *Vite, en avant deux.*

Entrons,
Pénétrons
Dans cet empire;
Tous les infernaux
Sont aux fourneaux;
Lurons,
Biberons
Qu'un vin inspire,
Chantons tour à tour :
Quel heureux jour !

L'enfer,
De par Lucifer,
Est tout en fête : il se marie.
Entendez sa voix qui crie
Et sa vieille cloche de fer.
Entrons, etc.

            Saisir
     Ce charmant plaisir,
Car Satan, pour nous, pauvres hommes,
A, de la terre où nous sommes,
Etabli des trains de plaisir.
Entrons, etc.

            Quel feu,
     Dans ce sombre lieu;
Dans les couloirs tout s'illumine;
Diablesse, à friponne mine,
Aux regards comme on en voit peu.
Entrons, etc.

            Venez,
     O vous, gens bien nés,
Sur mon bras, femmes charmantes,
Vous pourrez, beautés aimantes,
Courir sans vous rompre le nez.
Entrons, etc.

            Soumis,
     Vos époux admis
Ne craindront pas des frais sans bornes;
Qu'ils mettent de neuves cornes,
Car ils vont trouver des amis.
Entrons, etc.

            Humains,
     Donnons les mains
Et descendons tous en foule;
Puisqu'un jus divin y coule,
Bacchus en montre les chemins.
Entrons, etc.

Repas
Comme on n'en voit pas,
Que préside la gourmandise,
Offre à notre gueulardise
Plus d'un secret appas.
Entrons, etc.

Final,
Grand bal infernal,
Avec musique étourdissante,
Et toilettes éblouissantes
Viennent d'en donnér le signal.
Entrons, etc.

Vivat!...
C'est une polka,
Puis mille autres belles choses,
Eclipsant les virtuoses
Musard, Lamothe, *et cœtera*.
Entrons, etc.

Plus tard,
Le diable est pochard,
Proserpine avec Lovelace,
Ont disparu de leur place;
Morbleu! Sátan est fait cornard.
Entrons,
Pénétrons
Dans cet empire,
Tous les infernaux
Sont aux fourneaux;
Lurons,
Biberons
Qu'un vin inspire,
Chantons tour à tour :
Quel heureux jour !

QUAND SERONS-NOUS SAGES ?

Air *du Garde française.*

Combien faut-il de tourments et de peines,
Selon des gens, pour faire son salut!...
Et chaque jour ils se forgent des chaînes,
Par là croyant éloigner Belzébuth.   (*bis.*)
Pour arriver là-haut, prenez d'étroits passages,
Moi, plus joyeux, je suis le grand chemin.
          Ah! ah! ah!
     Rions, chantons, nous serons sages
              Demain.   (*ter.*)

Filles des champs, à la taille arrondie,
Vos cœurs sont sourds à nos propos joyeux;
Lorsque parfois une main trop hardie
Vient à froisser un pli doux et soyeux, (*bis.*)
Effleurant de trop près le galbe des corsages,
Pose à vos fronts un pudique carmin.
          Ah! ah! ah!
     Rions, chantons, nous serons sages
              Demain.   (*ter.*)

Nos grands papas, de leur sagesse antique,
Veulent montrer les sentiments divers;
Mais on voit trop, dans leurs discours caustiques,
Que leur sagesse est fille des hivers. (*bis.*)
Si, des légers amours, ils revenaient aux âges,
A pas doubles ils feraient du chemin.
          Ah! ah! ah!
     Rions, chantons, nous serons sages
              Demain.   (*ter.*)

LA NUIT.

—

NOCTURNE.

AIR A FAIRE.

Les flots soupirent,
Les vents expirent
Dans les grands bois.
La créature,
Dans la nature,
Reste sans voix.

Ah! c'est la nuit, belle et suave,
La belle nuit d'été,
Qui rend esclave
De sa beauté.

Le saint silence,
Qui se balance
Majestueux,
Nous en impose
Et se repose
Respectueux.
Ah! c'est la nuit, etc.

L'azur étoile
La longue toile
Que nous voyons.
L'astre regarde
Et sur nous darde
Ses blancs rayons.
Ah! c'est la nuit, etc.

De sa main rose
L'Aurore arrose
L'herbe et les fleurs ,
Comme elle essuie ,
Après la pluie ,
Le jour en pleurs.

Ah! c'est la nuit , etc.

O mon amante ,
Beauté charmante ,
Sois sans émoi ,
Si ma main lasse ,
Sur ton sein place
Un *aimez-moi.*

Ah! c'est la nuit , belle et suave ,
La belle nuit d'été ,
Qui rend esclave
De sa beauté.

CHRISTOPHE.

—

Air *de Chauvin.*

Ah! puisque l'ennui m'accompagne
Et qu'il me poursuit chaque jour,
Je veux, ce soir, battre campagne
Et le détruire sans retour.

Au jus sacré que je révère,
Je dois plus d'un secret refrain ;
Allons, ma brune, encore un verre :   } (bis.)
Je bois à l'oubli du chagrin.

Profitant des plaisirs sans bornes
Que la femme donne, dit-on,
J'en aurais eu : mais, fi ! des cornes
Qu'abrite un bonnet de coton.
Car, pour dompter la beauté fière,
Il faut un formidable frein ;
Allons, ma brune, encore un verre :   } (bis.)
Je bois à l'oubli du chagrin.

Tu sais que je suis philosophe,
Lié de devoirs exigeants,
Ah ! j'aurais pu, pauvre Christophe,
Etre riche comme des gens,
Moi, j'ai préféré ma misère
Que de mener somptueux train.
Allons, ma brune, encore un verre :   } (bis.)
Je bois à l'oubli du chagrin.

Sous le pauvre habit qui me couvre,
Mon cœur n'a jamais convoité
Briller dans les salons d'un Louvre,
Mais du pain et ma liberté.
J'aurai, plus tard, un coin de terre,
Pour dormir, six pieds de terrain ;
Allons, ma brune, encore un verre :   } (bis.)
Je bois à l'oubli du chagrin.

LE MENDIANT ET LE NID.

FABLIAU.

Air : *Va, pauvre oiseau, consoler tes petits.*

Un nid charmant, habitant de nos gerbes,
Fuyait, hélas ! l'approche des moissons ;
Ils avaient tous grandi comme les herbes
Et murmuré leurs premières chansons.
Tout en courant, effarés de la sorte,
Sans trop savoir trouver le bon chemin,
Firent rencontre, allant de porte en porte,
D'un mendiant qui leur tendit la main.

La pauvreté rapproche la distance :
—Vous, comme moi, leur dit l'homme aux haillons,
Insoucieux, vous traînez l'existence,
Presque toujours dans les mêmes sillons.
Pour nous, petits, ce beau jour qui se lève,
Saluons-le, ce soleil radieux ;
A nous, petits, les poissons de la grève,
Pour nous, la mer déroule ses flots bleus.

—Gardez pour vous, répond la troupe ailée,
Et vos conseils et vos profonds discours ;
Car nous allons prendre notre volée,
Trouvant partout les chemins les plus courts.
Restez, brave homme, au sein de cette terre,
A convoiter un petit coin de feu ;
L'oiseau, parfois, sait souffrir et se taire,
Et puis, plus tard, il monte jusqu'à Dieu.

MA PIPE.

Air *de ma Vigne* (P. Dupont).

Quand mon pauvre esprit épuisé,
Par la tristesse est traversé,
Mon doigt distrait bourre ma pipe :
C'est une amante bien aimée
Qui me berce de sa fumée,
Lorsque ma raison s'émancipe ;
Alors de ma vieille gaîté
Je renouvelle le traité.

Plus de chagrin, plus d'amertume,
Ce vrai plaisir dont je suis fou,
Est dans une pipe d'un sou,
Mes bons amis (*bis*), lorsque je fume (*bis*).

Je vais, d'un bien rapide trait,
Vous en esquisser le portrait :
C'est une grande mince et brune ;
Pour la parer, point d'oripeau !
Comme un satin elle a la peau :
C'est une beauté peu commune.
Je puis dire, non sans raison,
Qu'elle commande à la maison.

Plus de chagrin, plus d'amertume,
Ce vrai plaisir, dont je suis fou,
Est dans une pipe d'un sou,
Mes bons amis (*bis*), lorsque je fume (*bis*).

Elle a pour moi d'autres appas,
Car je lui dois plus d'un repas :
Avec elle souvent je dîne.
Elle fait marcher de concert,
Marcher l'entrée et le dessert,
Et pour vin fin sa nicotine ;
Oui, plus d'un gourmand étranglé
Envierait mon ventre sanglé.

Plus de chagrin, plus d'amertume,
Ce vrai plaisir, dont je suis fou,
Est dans une pipe d'un sou ;
Mes bons amis (*bis*), lorsque je fume (*bis*)

Au sortir du lit de repos,
Pour rendre mon esprit dispos,
Sans plus tarder vite j'allume ;
L'illusion de mon sommeil
N'est point vaine, car au réveil
Je la retrouve et je la fume.
Plus d'un mari peut dire : « Ah ! bah !
Je fume sans pipe et tabac. »

Plus de chagrin, plus d'amertume,
Ce vrai plaisir, dont je suis fou,
Est dans une pipe d'un sou,
Mes bons amis (*bis*), lorsque je fume (*bis*).

LE ROI DES PARESSEUX.

—

Air : *Georgette, du Village* (Pré-aux-
Clercs).

Chacun porte à l'histoire
L'éclat de ses hauts-faits ;
L'homme de la victoire
Signale les bienfaits.
Moi, l'insecte invisible,
Je ne demande aux dieux
Qu'être, toujours paisible,
Le roi des paresseux.

On dit dans la satire :
« L'homme est un animal; »
Que de blâme il s'attire
À se créer du mal !
Au bon sens plus fidèle,
Et moins ambitieux,
L'homme eût pris pour modèle
Le roi des paresseux.

Paresse, au jour d'orage,
Dans mes folles ardeurs,
Elève mon courage
Au mépris des grandeurs.
Sans que le peuple craigne
Un éclat fastueux,
Qu'il bénisse le règne
Du roi des paresseux.

Chaque homme dans le vice
Trébuche à chaque instant ;
La raison est novice
Dans ce monde, pourtant.
L'Etre qu'on déifie
Fit l'homme vertueux :
C'est la philosophie
Du roi des paresseux.

Puisque toute ma vie,
Sans esprit agité,
Fut sans cesse suivie
D'une douce gaîté.
Parmi les damnés sombres,
Oui! mes amis, je veux
Etre au séjour des ombres
Le roi des paresseux.

Nancy, imp. de Hinzelin et Cie.

LES HEURES PERDUES.

CHANSONS, ROMANCES
ET CHANSONNETTES,
Par Marius DUCHAMP.

PATRE ET CAPITAINE.

MUSIQUE DE D. MILLET.

6

l'â-ge Où l'in-sou - ci doit bril-ler dans tes
yeux ? Où l'in - sou - ci doit bril-ler dans tes
Dolce exp.
yeux ? Sous un cli - mat plus pros-
pè-re, Sur un sol ri-ant, en-chan-té, Viens,
je te ser - vi - rai de pè-re Et
Renf.
lais-se là ta pau - vre - té. Viens,
FF. Rall.
je te ser-vi - rai de pè-re Et lais-se

Sous ces climats où le bel or abonde,
Viens donc porter un pas aventureux ;
Tu reviendras éprouver dans ce monde
Le vrai bonheur de faire des heureux.

Sous un climat plus prospère,
Sur un sol riant, enchanté,
Viens, je te servirai de père,
Et laisse là ta pauvreté.

— Je fais le bien, répondit l'enfant sage,
Sans posséder le luxe et le savoir,
Guidé par Dieu, quand parfois je partage
A mon semblable un morceau de pain noir.

Partez, savant capitaine,
Recueillir l'or tant convoité ;
Allez, sur la rive lointaine,
Moi, je garde ma pauvreté.

LE TEMPS QUI N'EST PLUS.

Air : *Elle aime à rire, elle aime à boire.*

A mes trente ans, buvons, maîtresse :
Dieu veuille en prolonger le cours,
Tempérer nos lestes discours
En nous enseignant la sagesse.
Les regrets seraient superflus
A la trentaine au front sévère ;
Allons, Babet, remplis mon verre,
Et buvons au temps qui n'est plus.

Vois-tu, la vie est un grand fleuve,
Où disparaît chaque action ;
Et l'âge éteint l'affection,
Quand d'espoir l'existence est veuve.
Dérobons au flux et reflux
Ces souvenirs que je révère ;
Allons, Babet, remplis mon verre,
Et buvons au temps qui n'est plus.

La vieillesse, près de descendre
Dans la tombe au moindre faux pas
Trouve la beauté sans appas,
Et sans délice un souris tendre.
L'amour veut de jeunes élus :
Au printemps naît la primevère ;
Allons, Babet, remplis mon verre
Et buvons au temps qui n'est plus.

Si j'ai toujours l'air insensible,
Des revers si je sors vainqueur,
Je le dois à cette liqueur,
Par qui toute chose est possible.
Pour toi, longtemps à qui je plus,
J'ai mis le futur en arrière;
Allons, Babet, remplis mon verre,
Et buvons au temps qui n'est plus.

PLAIDOYER.

Air *du Sénateur* (Béranger).

Parfois de la cour d'assise,
J'aime ouïr maint plaidoyer;
J'ai là, pour heure précise,
Le spectacle sans payer.
J'entendis certain voleur,
Dire un jour avec chaleur :

— Quelle horreur!
Quelle horreur!
Monsieur le procureur,
Je suis condamné par erreur.

J'ai tout fait avec adresse,
Je suis un homme à moyens;
J'ai pris même avec tendresse
La femme d'un citoyen.
Mais, croyez à celui-là,
Je ne lui pris que cela.

Quelle horreur !
Quelle horreur !
Monsieur le procureur,
Je suis condamné par erreur.

Si j'ai fouillé dans la poche,
C'était peut-être indiscret;
Ne m'en faites point reproche,
J'en ai gardé le secret.
Si j'ai saisi maint foulard,
Je l'ai fait avec tant d'art!

Quelle horreur !
Quelle horreur !
Monsieur le procureur,
Je suis condamné par erreur.

Au-dessus du sot vulgaire,
Avec un bel horizon,
J'ai, de partout naguère,
Triomphé par la raison.
Me voici jeté sans but,
Comme un objet de rebut.

Quelle horreur !
Quelle horreur !
Monsieur le procureur,
Je suis condamné par erreur.

LES FEMMES.

—

Air : *Vive l'Enfer où nous irons.*

Mille milliards de non de non !
Qu'on n'me pardonne,
Si je n'donne,
Pour vivre avec pareils démons,
Mon nom !...
Non !!!...

Par nos soins superflus,
Ridicules élus,
Oui, nous ne sommes plus
Qu'une espèce déchue.
Troublés dans nos séjours,
Esclaves des amours,
Porterons-nous toujours
La parure crochue ?

Mille, etc.

Amis, est-ce bien nous
Qui sommes à genoux,
Redoutant le courroux
De ce sexe débile ?
Par un trafic vainqueur,
Tout ce sexe trompeur
Captive notre cœur,
Par mainte feinte habile.

Mille, etc.

Charmant objet d'ennui,
Sans cesse nous poursuit ;
Le jour.... même la nuit,
Nous apparaît en songe...
Nous la voyons partout,
Là, plus loin, en tout :
Ah ! voyez pourtant où
La bêtise nous plonge.

Mille, etc.

Jadis sexe maudit,
Vous étiez interdit,
L'histoire nous le dit
Dans sa page authentique :
Sur ce serpent qui mord,
Reprenons sans remord
Droit de vie et de mort,
Comme sous l'ère antique.

Mille, etc.

Si, de partout cité
Pour ma sévérité,
Pour mon austérité,
Si le sexe m'accuse,
C'est qu'au fruit défendu
Je fus souvent mordu,
Et l'égard qui m'est dû,
Doit me servir d'excuse.

Mille milliards de non de non !
Qu'on n'me pardonne,
Si je n'donne
Pour vivre avec pareils démons,
Mon nom !...
Non !!!..

L'EMPLOI DE LA CHANSON.

AIR A FAIRE.

En voyageuse intrépide,
Folle et badine en ses vers,
La chanson d'un pas rapide
Parcourt le vaste univers.
Qui sut mieux ranimer les cœurs et les visages
Jeter le rire aux fous, et le sourire aux sages,
Et tout cela sans façon?...
Et voilà, mes amis, l'emploi de la chanson.

Colin est digne d'envie,
Car Colin est épouseur;
C'est une nouvelle vie:
Lison a tant de douceur.
Déjà le gai refrain des époués s'empare,
A leur bonheur futur la chanson les prépare,
En faisant rire Lison...
Et voilà, mes amis, l'emploi de la chanson.

Cloche du hameau, je t'aime:
Tu sonnes aussi gaiement
L'alliance et le baptême,
Qu'angelus, enterrement.
Sur le sort de l'enfant nul ne se désespère,
Son papa chante et boit, c'est un joyeux compère
Et son marmot un garçon:
Car voilà, mes amis, l'emploi de la chanson.

Lorsqu'à la voix de la France,
Le peuple révolté
Oublia sa souffrance,
En chantant la Liberté,
De ce peuple-soldat, de cette armée entière,
Surgirent les héros défendant la frontière,
En chantant à l'unisson.
Et voilà, mes amis, l'emploi de la chanson.

LA CHANSON DE WALDER,

TIRÉE DE MAITRE CORNÉLIUS,

OPÉRA COMIQUE, MUSIQUE DE JOSEPH_L...,

Je suis philosophe,
Sans titre saillant,
Et sans sou vaillant,
Mais fait d'une étoffe
A vivre content.

Dans la docte logique,
Trouvant maint appas,
Pour moi rien de tragique
Ne vient barrer mes pas.
Qu'une belle
Soit rebelle,
N'est-ce pas!
Qu'elle se garde bien, ma foi!
Si je veux, elle est à moi.
Ah! ah! ah!

Je suis philosophe, etc.

Mon brave gentilhomme,
Sans demander combien,
Que faut-il faire, en somme?
Est-ce le mal ou le bien?
Ma rapière,
A Paul, Pierre,
Appartient.
Et qu'ils se gardent bien, ma foi!
Si je le veux, ils sont à moi.
Ah! ah! ah!

Je suis philosophe,
Sans titre saillant,
Et sans sou vaillant,
Mais fait d'une étoffe
A vivre content.

LA POSTÉRITÉ.

Air *de la bonne Vieille.*

Vous dont l'esprit admire la nature,
Et que visite un céleste rayon;
Vous qui savez, pour l'art de la peinture,
Si bien tenir le pinceau, le crayon;
Toi, créateur de la blanche statue,
Taillant en marbre une divinité;
Jamais en vain l'esprit ne s'évertue,
Travaille, espère en la postérité.

Chacun le sait, les sciences arides
N'ont que fort peu de souris indulgents;
Heureux celui, qui malgré quelques rides,
Peut parvenir à dompter ses agens.
De la nature obtenant privilége,
Le progrès va par électricité:
Savoir connaître est-il un sacrilége?
Nous travaillons pour la postérité.

Javotte aussi veut apporter son œuvre
Au genre humain satisfait et content:
Tous les neuf mois elle fait un chef-d'œuvre;
Ici quel homme en pourrait faire autant?
Savant illustre, habiles qu'on renomme,
Tous les docteurs de mainte Faculté
N'ont jamais pu donner la vie à l'homme:
Javotte a droit à la postérité.

LA RÉSURRECTION.

Air de Noël, d'A. Adam.

Après trois jours de deuil et de ténèbres,
L'univers sort de son chaos obscur;
Et déchirant ses longs voiles funèbres,
Le firmament a repris son azur.
C'est aujourd'hui l'aurore d'une fête,
Qui doit donner paix et prospérité;
Inclinons-nous à la voix du prophète:
Salut! salut! au Christ ressuscité.   (*bis*).

— Le monde entier est sous votre tutelle,
Vous que jadis j'instruisis sans détour;
Et grâce à vous, ma pensée immortelle
Épanchera son langage d'amour.
Portez partout la divine lumière,
Détournez-vous d'un zèle limité;
Dites-vous: Dieu naquit dans la chaumière...
Salut, salut au Christ ressuscité.

Car Dieu mon père a béni l'agonie
Et les douleurs de Jésus sur sa croix.
De mes pensers la sublime harmonie,
Fera souvent pâlir le front des rois;
Que ma croyance à tant d'autres contraire,
Élève enfin un front de liberté,
L'homme, dans l'homme a reconnu son frère:
Salut, salut au Christ ressuscité.

LES ROUGES TROGNES.

Air : *Par la voix du canon d'alarme.*

Par la voix du canon d'alarme,
La France annonce à ses enfants
Que la vigne existe : ah ! quel charme !
Tous les arts en sont triomphants.
 Vivent les rouges trognes :
C'est le laissez-passer de nos joyeux ivrognes.

Quel plaisir serait comparable
A tout autre que celui-ci ?
La chanson autour de la table,
Circule et chasse le souci.
 Vivent les rouges trognes :
C'est le laissez-passer de nos joyeux ivrognes.

Viens nous charmer, couleur vermeille,
Entre deux pipes de tabac ;
Buveur, à l'heure où tout sommeille,
Remplis toujours ton estomac.
 Vivent les rouges trognes :
C'est le laissez-passer de nos joyeux ivrognes.

Les hivers, dans les nuits glacées,
Dansent tous les fous de vingt ans ;
Méprisant les folles pensées,
Les buveurs passent mieux leur temps.
 Vivent les rouges trognes :
C'est le laissez-passer de nos joyeux ivrognes.

MON VOISIN LE SAVETIER.

CHANSONNETTE.

Air : *Cogne, cogne, sabotier.*

J'ai pour voisin un savetier
  Que le bonheur caresse;
Il amuse tout le quartier,
  Car il chante sans cesse.
      Arrive-t-il
      Un fait futil,
Il en chante l'histoire;
      Le gousset net,
      Sa fortune est
Toute en son répertoire.

Chante et cogne, savetier!
      A l'ouvrage,
      Prends courage;
Il n'est pas, bon savetier,
      De sot métier.

Il n'a certes point ce qu'il faut
  Pour former un génie,
Mais il sait tirer d'un défaut
  Une pure harmonie.
      D'un air distrait,
      Au cabaret
On voit filer notre homme;
      Là, chaque soir,
      Il vient s'asseoir,
Chante et rit Dieu sait comme.

Mais il vient dernièrement,
Comme tel de la fable,
D'acquérir un trésor charmant :
Une femme adorable.
        Le croiriez-vous ?
        Ce roi des fous
Est devenu morose :
        C'est qu'il a peur
        Qu'un œil trompeur
Lui surprenne sa rose.

Cogne, cogne, savetier !
        Fais ta tâche
        Sans relâche ;
Cogne, cogne, savetier,
        Fais ton métier.

Chante et cogne, savetier !
        A l'ouvrage,
        Prends courage ;
Il n'est pas, bon savetier,
        De sot métier.

Nancy, imp. de Hingelin et Cᵉ.

www.ingramcontent.com/pod-product-compliance
Ingram Content Group UK Ltd.
Pitfield, Milton Keynes, MK11 3LW, UK
UKHW020019100726
13658UKWH00002B/975